수탉

수탉

고진하 시집

민음의 시 130

민음사

차례

노래하는 가시덤불

새소리는 재잘재잘 들리는데
새들은 보이지 않는구나
마른 잎새들 간신히 매달고 있는 가시덤불
주자(奏者)의 얼굴은 감추고 생음악만 내보내는 가시덤불
가까이 다가서니 생음악은 뚝 그치고
귀가 민망해 돌아서니 다시 연주를 내보내는 가시덤불

홀로 걷는 방죽 아래 강물은 꽝꽝 얼어붙고
투명한 얼음 속,
지느러미조차 멈춘 고요의 어미들은
푸른 쉼표 하나씩 긋고 둥둥 떠 있는데

너의 바탕도
노래, 고요의 어미의 아들이라고
너와 나는 한통속이라고 속삭이는 가시덤불
은밀한 자아 쓱쓱 지워버리고
생음악을 연수할 수 있겠느냐고 묻는 가시덤불
오 부드러운 소리의 둥지, 하지만
가까이 다가서면 침묵의 가시로 무장한 가시덤불
오직, 경청(傾聽)만 허용하는 가시덤불!

가방 속 하루살이

여행가방을 열었더니
하루살이 떼가 뿌옇게 날아올랐다
하, 신기하여
가방 속을 샅샅이 뒤져보니
언제 넣었는지 알 수 없는 귤 하나
짓눌려 터져 있었다
바로 너였구나!

부패하는 달콤한 시간 속에
알을 까고
알에서 부화하고
날개가 자라고
캄캄 옥(獄)에 갇혔다가
드디어 대명천지로 뿌옇게 날아 나온
탈옥자들

터진 귤을 꺼내 버리고
여행가방을 들여다보며 생각한다
밀봉된
생명의 산실(産室),

잔인한
시간의 옥(獄)을
끙끙 짊어지고 다니다니

아무것도 모른 채
그렇게 짊어지고 다니는 동안
한 생(生)을 다아 꽃피우다니……

호랑나비돛배

홀로 산길을 오르다 보니,
가파른 목조계단 위에
호랑나비 날개 한 짝 떨어져 있다.
문득
개미 한 마리 나타나
뻘뻘 기어오더니
호랑나비 날개를 턱, 입에 문다.
그러고 나서
제 몸의 몇 배나 되는
호랑나비 날개를 번쩍 쳐드는데
어쭈,
날개는 근사한 돛이다.
(암, 날개는 돛이고말고!)
바람 한 점 없는데
바람을 받는 돛배처럼
기우뚱
기우뚱대며
산길을 가볍게 떠가고 있었다.
개미를 태운
호랑나비돛배!

어느 설야(雪夜)

저 삿갓봉우리 쪽 하늘이 끄무레해지는 걸 보니 또 한 바탕 눈발이 퍼붓겠다. 애솔밭 옆 길 뚫느라 파헤쳐놓은 절개지, 정초에 내린 폭설이 녹아내리며 꽁꽁 얼어붙어 흰 얼음폭포를 이루었다. 미끄러운 언덕배기 비닐포대 깔고 꼬마들 눈썰매 탄 엉덩이 자국 위로 스멀스멀 어스름이 덮이며 늦은 병문안 가는 보행자를 난감하게 하는구나. 저만치서 먼저 마중 나오는 임대아파트 불빛들이 친구의 얼굴인 양 반갑기만 한데, 열세 평쯤 될까, 작은 골방 빛바랜 목단꽃 천장 희붐한 형광등 아래 누워 있는 친구의 막둥이를 보았을 때,

웬, 금빛 찬란한 와불(臥佛)께서 여기 누워 계시나!

흰 이불깃 여미며
무거운 눈꺼풀 간신히 열고 날 쳐다보는
노랑 눈동자, 오, 저런! 황달이로구나.

미안하다, 아이야.
아픈 너를 부처님으로 착각한 내 눈빛이
아픈 네게 무슨 약(藥)이 되겠느냐만,

왜
네가
부처님이 아니겠니?

아이야, 어서 일어나라!

저 창 밖을 보아라,
펑펑 함박눈이 내리기 시작하지 않느냐.

조율

어슴푸레한 새벽, 앞집 시계 뻐꾸기 울음소리 때문에
잠이 깼다.

시계 뻐꾸기 울음이 잦아든 뒤

촛불을 켜고 맞절을 하고 나니 희끄무레 여명이 동터
온다.

언제나 그렇지만 절을 꾸벅꾸벅하고 나면 몸이 절 같다.

절이 밥하러 나가면서,

인도 갔다 온 게 언젠데 몸은 자꾸 인도로 가요오,

한다. 룸비니 붓다 공항에서 사다가 거실 벽에 길게 붙
여놓은

만년설 덮인 히말라야를 나는 힐끔 쳐다본다. B. M. 체
트리라는 사진작가가 찍은

노란 유채꽃 들판 위로 우뚝 솟은 안나푸르나 영봉, 흰
비늘을 번쩍이며

꿈틀대는 물고기처럼 새파랗게 언 하늘 속을 유영하고
있다.

어, 왜 이렇게 춥지이?

바깥 담벼락 아래 놓인 오지항아리에 쌀 푸러 나갔다가

오며

  꽃샘추위가 참 지독하네요, 아내는 오금을 달달 떤다.

  개구리도 입이 떨어진다는 경칩, 마루에 걸린 류연복의
판화달력에는

  꽃샘추위 아랑곳 않고 입 딱 벌린 새 한 마리 힘차게
우짖고 있다.

  여보, 이거 괭이 밥그릇에 좀 부어주고 와요.

  나는 어제 아침 해장국 끓여 먹고 냄비에 남아 있는

  북어대가리를 들고 나가 돌계단 아래

  깨진 플라스틱 바가지에 부어준다. 애들 다 커서

  집 나가고 나니 요즈음 아내의 육아(育兒)는 도둑괭이
들이다.

  푹 삶기고도 형체를 버리지 못한 북어대가리 눈알들,
아침부터

  낮달로 떠 희뜩거린다. 정처 없이 추위 속을 싸돌아다
니던 도둑괭이들

  킁킁 냄새 맡고 딜려오면, 지 낮달부디 야금야금 파먹
겠지.

저렇듯 이쁜 연민이 샘솟는

아내의 가슴을, 나는 턱없이 샘낼 때가 있다.

곁방 신혼부부는 또 뭣 때문에 투닥거리는지 날 선 목소리가 높다.

저런 시절이 우리 내외한테도 있었나? 흐리마리한 기억을 얼더듬으며

겨우 20킬로그램짜리 역기를 천천히 들어올린다. 그렇다고

내가 아는 몸 좋은 소설가처럼 몸 만들고픈 욕심은 아예 없고

삐걱, 삐걱, 늙어가는 몸에서 죽음이 자라나는 소리나 면했으면!

여보, 조반 다 됐어요.

유리식탁에 마주 앉자 식탁 위엔 여느 날과 다름없이

꿈쟁이 아내의 희한한 꿈 얘기도 진설돼 있다. 그리고 꿈 얘기 사이사이로

요즘 푹 빠져 있는 인도 신화나 전설도 감초처럼 끼어든다. 다음에 가면

거긴 꼭 가봐야…… 아부 산 정상에 있다는 나키(Nakki)

호수……

신(神)들이 손톱으로 팠대요, 나는 바짝 구운 꽁치 뼈
를 젓가락으로 바르다가

답답해 손톱을 사용한다, 그들에겐 속도가 목표가 아니
란 얘기겠죠?

난데없는 전화벨소리, 국궁장(國弓場) 총무다. 네, 가
요 가아!

오늘은 원주시시장배국궁대회가 있는 날, 벌써 일 년이
넘도록 쏘았는데도 아직 5中을 못했다.

다음에 가면 거긴 꼭…… 그러자구 신(神)들이 손톱으
로 판…… 나는 오늘 명궁들 쏘는 거 구경이나 할 거야.

여보, 꽁치 냄새 풀풀 풍기지 말고 차나 좀 마시고 가
요, 노루궁뎅이버섯 차나……

붉은 비명

—— 낙산사에서

오월의 솔숲을 걷는 동안
낭랑한 목소리로 우짖는 꾀꼬리나
흔해빠진 노랑나비 한 마리 구경하지 못했네.

내 마음이 폐허가 되었을 때에도
이토록 적막하지는 않았었네.
화마(火魔)가 휩쓸며 삼켜버린 솔숲,
재의 오솔길을 지나
재의 사원(寺院)에 이르는 동안
괴괴한 고요가 사뭇 발걸음을 무겁게 했네.

해수관음상의 머리 위로 후광처럼 떠 있는 태양이
재의 침묵을 비추는 한낮,
욕망의 화로에 타오르는 불씨를 끄지 못하고
재의 사원에 든 사람들
공손히 머리 조아려 경배하는 저들에겐
아식도 무슨 바람이 남아 있을까.

검은 숲 전체가 나무들의 납골당,
더러 형체를 잃지 않은 채

하늘을 향해 쭉쭉 뻗어 있는
숯덩이나무와
숯덩이나무 사이를 지나며
아직도 빌 무슨 소원이 남아 있을까.

그래, 적멸궁이 바로 여기로구나.
불길에 더 단단히 구워진 흙담과
벌건 쇠못, 꺾쇠, 둥근 주춧돌들 외엔
아무것도
아무것도 남아 있지 않은.

발 디딜 때마다 바닥없는 심연으로 빠져들 듯한
재의 오솔길을
걸어 나오는 동안
나무들의 붉은 비명(悲鳴)은 듣지 못했으나
나는 숯의 마음으로 재의 숲을 벗어날 수 있었네.

계명성

―― 투계(鬪鷄)를 보다

활활 불타는 볏, 수탉들, 태양의 혼령들 같구나.

늦은 봄날 오후
마른천둥이 우르릉 우르릉 배경음악을 깔아주는
시골 공터, 임시로 설치한 조그만 원형경기장 쇠창살
속에서
황금빛 목털을 쥘부채처럼 활짝 펼친
수탉과
수탉이 맞짱 뜨고 있었네.

적의의 뿔 없는 수탉들
무딘 톱날 같은 붉은 볏, 붉은 볏 앞세우고
맨땅을 박차고 날아오르는 사나운 발톱과 부리로 팽팽
해진 시간을 할퀼 때
호기심 어린 눈망울들 웃음과 박수로 응수했으나
뾰족한 부리에 쪼인 볏에서는 선혈이 맺히기 시작했지.

황홀한 충돌 뒤에
피 흘리는 태양의 혼령들,
이따금 치열한 싸움 멈추고 나른한 인류의 잠을 깨울 듯

긴 목 쑥 뽑아 계명성(鷄鳴聲)을 토해 내기도 했지만
오래 싸우다 지치면 쇠창살에 기대어 쉬기도 했지만

쉽사리 전의를 꺾지 않는
태양의 전사(戰士)들, 빠르고 날렵한 몸을
획획 솟구치며
허공을 핏빛으로 물들였네.

그렇게 핏대 올리며 피 터지도록 싸우다가도
한 놈이 대가리를 땅에 처박거나 슬그머니 꼬리를 보이
고 돌아서면
적의도
증오도 없는 싸움은 싱겁게 끝나곤 했지.

지상의 마지막 태양의 축제라 부르고 싶은,
극채색의
짜릿한 영상 같은
닭싸움을 지켜보면서 나는
늦은 봄날의 권태와 나른함을 휘휘 날려보냈네.

저녁의 비(碑)

해질녘 자전거에 몸을 싣고
은륜(銀輪)에 얹히는 저녁놀을 돌리는 일은
특별한 즐거움이다 그날도 도시를 벗어나 무작정
시골길로 접어들었다 비포장길 옆으론 냇물이 흐르고
키 큰 갈대와 실버들이 무성하게 피어 있었다
얼마쯤 더 털털거리며 달렸을까, 게딱지 같은
나지막한 집들이 모여 있는 마을로 들어가는
좁은 농로 옆에 오래된 비(碑)가 세워져 있었다

　　　天地 則 父母요 父母 則 天地니
　　　天地父母는 一體也라

해월 최시형의 피체(被逮)를 기념해 세운
비였다 빈 통장 같은 삶에 웬 금화냐 싶어 몇 자 안
되는
글귀를 가슴에 우겨넣었다 사방 펼쳐진 저녁 답 위로
땅거미가 어둑어둑 지고 있었다 하늘에는
둥지를 찾아가는 새들의 날개 젓는 소리가 정적을 깨고
있었지만
귀가를 서둘고 싶지 않았다 냇물 속에 초록별 뜨고

23

게딱지 같은 마을의 집들이 사라지고
등불 몇 나타나기까지 비 옆에 앉아 있었다
팽팽한 긴장으로 저녁놀을 돌리던 은륜의 순한 짐승도
한 소식 들으려는 듯
어둠 속에 가만히 엎드려 있었다

문주란

뜨락에 핀 꽃들을 보며 벌건 대낮부터 곡차 한 사발씩 벌컥벌컥 들이켰다. 모두들 벌게진 눈길로 길쭉길쭉한 푸른 잎새들 사이에서 말좆 같은 긴 꽃대를 하늘로 쑥 뽑아 올린 문주란을 감상하고 있는데, 훌떡 머리 벗겨진 중늙은이 거사(居士)가 문주란을 가리키며 이죽거렸다.

이년 저년 찝쩍거리지 말고
저 문주란처럼
좆대를
하늘에다 박아,
하늘에다 말이야!

대머리 거사의 일갈 때문일까. 문주란이 놓여 있는 뜨락 위의 하늘이 더 깊고 쨍쨍해 보였다.

구름과 놀다

어제는, 온종일 구름하고 놀았다
영월 땅 깊은 골짜기 김삿갓 유택 근처
조선민화박물관에 걸린
신선도(神仙圖) 속의 구름 속을 떠다니며 놀다
박물관을 나와 물가에 퍼질러 앉아
탁족도 하며
골짜기 가득 피어오르는 물안개구름하고 놀았다
나중엔 벗들과 삼겹살을 구우며
연기구름도 뭉게뭉게 피워 올렸다
잘 훈제된 비곗살의 실핏줄을 터뜨리며
동동주도 홀짝홀짝 마시고
현묘한 운기(雲氣) 무늬도 끌어다 몸에 새겼다
으흐흐, 간통한 기분이었다
천변만화하는 황홀한 변신에도
결코 수집을 허용하지 않는 구름,
(민화박물관에서 만난 광적인 민화수집가도
구름은 수집할 수 없으리라!)
어띤 형성과 문법과 경계도 고집히지 않는
구름 속을 드나들었다 이젠
구름 신학이다!

하여간
저물도록 구름 속을 대취(大醉)한 얼굴로 드나드는
인신(人神)들도 보았느니,
골짜기와 골짜기 사이
불끈 솟구친 삿갓봉우리 활활 불사르는
붉은 노을 속
떠돌이 생의 심연도 들여다보았느니……

모기

손등이 벌겋게 부풀도록 문 모기를 잡으려고
눈에 불을 켜고 이 구석 저 구석을 뒤지다 제풀에 지쳐
컴퓨터 책상 앞에 털썩 주저앉는다.
오늘 오전 내내 죽치고 앉아
사이버(cyber) 세상과 접속은 하였으나
화끈한 접촉은, 곰곰 따져보니, 모기가 처음이로구나.

밤이슬 몇 방울 스민 씨앗으로 사막의 삶을 연명한다는
쥐캥거루가 떠오르는
팍팍하고 메마른 나날들,
벌써 구십 년대 초반 무렵의 얘기인데
절판된 내 첫 시집 『지금 남은 자들의 골짜기엔』으로
앵앵거리는 모기를 후려쳐 잡았다는
차창룡의 유머러스한 시가
왜 아물아물 떠오르는 것이냐.

화끈하게 내려치는 시인의 잽싼 손동작과 시집 표지에
더럽게 들러붙었을 핏자국을
잠시 떠올려보다가
아까 보려고 켜둔 액정화면에 떠 있는

오늘의 뉴스; 미군 헬리콥터가 투하한 우라늄탄에 사
망한
이라크인들 시신을 공동묘지로 변한
축구장으로 운구하는 사진을 들여다보며
나도 몰래 깊은 숨을 몰아쉰다.

삐쭘, 문 열어놔도 나갈 기미는 보이질 않고 다시 나
타나
앵앵거리는 놈, 안 보이는 놈을 어찌 잡으랴.
니가 안 나가면
내가 나간다, 뿔테돋보기 하나 사러!

소용돌이 춤

폭우 내린 다음날
맨 종아리로 무심천 여울목을 건너다보면,
밤새 불어난 물이 큰 바위에 부딪치며
소용돌이 춤을 추고 있네.

저렇듯 소용돌이치는
물의 무희(舞姬)가 악어의 이빨을 가졌더라면
바위는 마모되어 흔적도 안 남았으리라.
하지만 바위의 허리를 부드럽게 애무하는
무위(無爲)의 춤사위를 바라보며
문득, 내 생의 소용돌이도 겹쳐지네.

대관령 옛길처럼 숱한 굽잇길에서
행운의 여신을 부둥켜안고
소용(笑容)돌이 춤을 춘 적도 있지만
물불을 못 가리는 물욕에 눈멀어
물기둥 불기둥을 끌어안고
회오리친 적은 얼마나 많았던가.

홀황홀혜할 때도 있었지만

소용없는
소용돌이에 휘말려
화상을 입거나 익사할 뻔한 적은 또 얼마던가.

이제 등 뒤에 바짝 다가선
마지막 굽이,
홀연 죽음의 무희가 손 내미는 순간에도
그 손 맞잡고 춤출 수 있으려나.

산수유 목련꽃들이 쩍쩍 벌어지며
겨우내 웅크린 마음들을 들뜨게 하던
지난 봄날,
거대한 솔숲과 천년 사찰을 널름 집어삼킨
화마(火魔)의 소용돌이 춤도 나는 보았네.

복사꽃, 벙어리

넘실거리는 연초록 홍수,
소양댐 수문(水門)도 확 열어젖힐 기세다 오랜만에
소양호 부근 횟집에서
춘천의 詩벗들 마임배우 환쟁이들과 어울려
연초록 버들잎 물고 나온
펄떡펄떡 살아 뛰는 송어회 추렴하다
초고추장 범벅이 된 입으로
시계(視界) 제로인 지방예술인들의 딱한 경제사정과
눈물겹게 지는 봄꽃들, 후두두둑
총선에서 낙선한 후보들 애석해하기도 하고 어쩌구저쩌
구 씹기도 하다가
재작년 늦가을 갑자기 타계하신
걸레 스님의 다비장(茶毘葬) 다녀온 얘기도 늘어놓고
그분의 유언처럼 여겨지는 말씀;
'괜히 왔다 간다!'
안주 삼아 벌겋게 취하도록 마시며 떠들썩하게 놀다가

거두리 복사꽃 보러 가자……
거두리 복사꽃 보러 가자……

야트막한 산비탈 과수원 많은 거두리로 우르르 몰려가
비탈에 뭉게뭉게 떠 있는
꽃구름
꽃구름
꽃구름
우러르며
홀연 강림한 신선들처럼 거니는데,
함지박만하게 벌어진 입들 모두 벙어리다

(순간, 걸레 스님 문득 나타나시더니……)

오늘은
詩도
숨죽여야것다!

얼음수도원 3

혹한의 추위를 견디는 것도 기도요,
백야(白夜)를 하얗게 밝히는 것도 묵상이지만
무엇보다 큰 즐거움은
눈 조각을 하며 묵상에 잠기는 것이지요

붓다도
예수도 거닐어보지 못한
이 남극 빙설 위에서,
뭉쳐진 눈덩이로
붓다의 미소를 빚고
뭉쳐진 눈덩이로
형틀에 매달린 예수의 고뇌를 빚고 나서
햇살에
천천히
천천히
녹아내리는 광경을 즐기는 것이지요

그것들이 녹는 네
십 년 백 년이 걸릴지 모르는 노릇이지만
불멸의 미소는 없다는 듯

불멸의 고뇌도 없다는 듯
빙설 위의 눈 조각이 녹아내리는 것을 바라보는 일
얼어붙은 침묵의 눈길로 바라보는 일
이보다 좋은 묵상은 다시없지요

어느 날
눈 폭풍이 휘몰아쳐 눈 조각을 뒤덮으면,
미소도
고뇌도
사라지고
모습을 알 수 없는 모습
형상을 알 수 없는 형상으로
부풀어
우뚝우뚝 자라나는데,
그 유현(幽玄)한 형상을 뭐라고 불러야 하나요

이 크나큰 의문도 묵상도
끝내
빙설로 붐비는 극(極)의 시간에 파문히고 말겠지만

그 남자가 오르던 키 큰 나무

모처럼 찾아온 머리칼이 반백인 친구는
사는 게 너무 힘들다고 푸념만 잔뜩 늘어놓고 갔다.
저 반백의 머리칼이 백발로 변해 갈 때
나도
그런 푸념 주절주절 늘어놓게 될까.
흔들리고 또 흔들리는
생의 미로 앞에서
어떤 나침반도 밝은 길눈이 되지 못하고
그렇다고
스스로 빛을 발하는 발광어류(發光魚類)도 아니면서
무의식의 바다, 그
수심도 모른 채 뛰어들어야 하는
심연(深淵)으로의 잠수,
그게 삶이라는 것을 뻔히 알면서도
가끔씩 마주친 눈빛에서는
그런 푸념이 거친 눈발처럼 쏟아지곤 했다.
쓸쓸한 걸음새로 돌아서는 친구를
대문 밖까지 배웅하고 나서
티브이를 켜니,
산더미 같은 지진해일에 쫓기는

한 남자가 키 큰 나무 위로 허겁지겁 기어오른다.
화급한 장면은 거기서 뚝 끊기고
화면이 획 바뀌었는데
그 남자도 그 장면도 낯설지 않다.
영혼의 수심 깊은 데서
지각(地殼)이 요동치는지도 모르고 허둥거린 것이
어디 저 남자뿐이던가.
푸념만 늘어놓고 친구가 앉았다 간 빈 자리에
그 남자가 오르던 키 큰 나무 한 그루
환영처럼 서 있는 것을 본다.

몸 바뀐 줄 모르는 흰 이빨들이

털북숭이 애견 한 마리
길가에 널브러져 있었네
두개골이 반쯤 부서지고
앞가슴 쪽이 온통 찢겨져 있었네
벌써 며칠이 지났는지
애견의 몸은 다른 몸으로 바뀌고 있었네
등에 걸친 자줏빛 망토에 잔뜩 달라붙어
꼬물거리는 흰 구더기들
여기저기 쑤시는 몸 챙기려
요가센터 다녀오며
애견의 바뀐 몸 흰 구더기들이 낯설지 않았네
치아가 흔들리고
관절들이 닳아 삐걱이는 건
내 안의 그 무엇이 몸 바꾸려는 신호라는 생각이
사체 앞에서 먼지처럼 피어올랐네
손에 들고 있던 신문으로
사체를 덮어주려 쪼그려 앉았는데
피 묻은 가죽 밖으로 튀어나온
제 몸 바뀐 줄 모르는 흰 이빨들이
생시에 으르렁거릴 때처럼

흰 이빨들을 까고 있었네 그런
귀여운 보석을 보는 건 또 처음이었네

어린 신성

무슨 신성(神性)이라 부를 만한 게 인간에게 있다면
무쇠가위처럼 자르거나 찢거나 나누는
분별이 싹트기 이전의 천진무구한
어린아이에게나 있을 것이다.
얼굴에 검버섯이 툭툭 피어나기 시작하는
내 안에도 그런 아이가 살아 있었던가.

북인도의 시골 역 부근,
자욱한 새벽안개 속으로 뒷물할 물통 하나씩 들고
들판으로 걸어 나와 똥 누는 사람들,
나도 그들 틈에 섞이고 싶어
큰 보리수나무 아래 엉덩이 내놓고
똥을 눴다.

옆에서 개웃개웃 곁눈질하며 눈웃음 짓는
촌로에게 물 얻어 뒷물하고 일어서는데,
아랫도리가 그렇게 개운할 수 없었다.

가없는 지평선은 밝아오고
울타리 없는 역(驛) 벗어나 볼일 본 나 때문이 아니라

안개 때문에 오래오래 멈춰 선 기차,
안개를 뚫고 막 떠오르는
어린 해님의 얼굴도 마냥 싱글벙글.

너도 똥 누고 뒷물했니?

소

복잡한 아그라 큰길 한쪽에 비켜서서
성자 비베카난다의 동상에
카메라를 들이대고 있었네
난데없이 흰 소가 한 마리 들어왔네
렌즈에서 얼른 눈을 떼고
큰길 한복판에 어슬렁거리는 흰 소를 보았네
행인들이 흰 소를 비켜갔네
자전거들이 흰 소를 비켜갔네
릭샤들이 흰 소를 비켜갔네
택시들이 흰 소를 비켜갔네
버스들이 흰 소를 비켜갔네
자전거와 릭샤와 택시와 버스를 뒤따르는
숱한 차량들이 흰 소를 비켜갔네
성자의 발치 아래 모락모락 김이 나는
큼직한 똥 한 덩어리 싸놓고
어슬렁
어슬렁
어슬렁거리는 흰 소만 우뚝했네
성자 비베카난다보다 우뚝했네
성산 히말라야보다 우뚝했네

무뚝뚝한 흰 소의
뿔, 우뚝했네!

시바 히말라야*

── 힌두교 사원에서

해질녘 종 칠 때가 되었는지
열서너 살쯤 돼 보이는 어린 동자승이
사원 경내에 매달린 종을 치러
촐랑촐랑 뛰어다니는 것을 보고 있었다.

사원 뒤로 우뚝 만년설을 머리에 인
시바도 자애로운 눈길로
어린 동자승을
대견하다는 듯이 굽어보고 있었다.

신발을 벗어야 들어갈 수 있다는
사원,
욕망의 공장인 머리를 뚝 떼어놓고 들어오라고
하지 않는 것을 다행으로 여기는
참배객들이 모두들 꼬린내 나는 신발을 벗고
줄을 서서 얌전히 기다리고 있었다.

신들의 나라에 왔으니
신들의 나라 법을 따라야 마땅하겠다.
줄을 서서 기다리기가 짜증이 났지만

나는 구름신발을 신고
붉은 노을이 물드는 영산(靈山) 위를 거니시는
시바를 멍하니 쳐다보고 있었다.

기다린 보람이라 할까,
이마에 동자승이 찍어주는 꽃물 들이고 나오는 참배객들처럼
나도 이마를 벌겋게 물들일 수 있었다.

어느새 날은 어두워지고
하늘엔 별들이 반짝이고 있었다.
나처럼 꿰어야 할 신발도
벗어야 할 신발도 없는 별들은
맨발로 사원 지붕 위를 사뿐사뿐 거닐고 있었다.

* 네팔 사람들은 히말라야를 '시바 히말라야'라고 부른다.

명궁

비 개인 뒤
활터의 잔디는 더욱 푸르러졌다
노란 민들레들이 축축이 젖은 잔디 속에서
태양을 향해 온몸을 일으키며 부르르 떤다
사대(射臺)에 서서 시위를 당기다가
어깨가 빠질 듯 아파
나무 벤치에 앉아 먼 과녁을 바라본다
대머리 명궁(名弓)께서 어미 잃은
고양이 새끼 한 마리를 안고 와서 내 곁에 앉는다
측은한 눈길로 고양이 새끼를 어르며 우윳병을
물리는 모습이 참 이뻐 보인다
명궁의 화살이 오늘은 고양이 새끼에게
명중했군!
나는 흐뭇하여 혼잣말로 중얼거린다
울타리 밖 가로수에 앉았던 까치들이
깍깍——
암호 같은 소리를 내며 푸른 잔디 위를 가로지른다
풀 수 없는 암호는 그냥 누자
명지바람이 불어와 우윳병을 빨고 있는
고양이 새끼 털을 부드럽게 애무한다

과녁을 향해 날아가는 무욕(無慾)의 화살들이
오늘에 가 탁. 탁. 탁. 꽂힌다
어둑어둑 해가 저물고도
궁사들의 야사(夜射)는 계속된다

공일

활터는 텅, 비었다.

삼천 평 잔디 위엔
눈부신 폭설이 덮여 있고
둥근 홍점의 과녁은
태양처럼 붉게 타오르고 있다.
수없이 쏟아지는 화살을 받고도 죽지 않는 과녁은
태양의 아류(亞流).

저 과녁처럼
내 몸에도 천연두 자국 같은 상처가 있다.
사랑의 훈장쯤으로 여겨온
그 상처가 갑자기 욱신거린다.
죽지 않는 것은
태양만은 아니지,
과녁만은 아니지,
폭설의 흰 비단길 위에
사각사각 첫 발자국을 내며
시간의 설법에 잠시 귀를 기울인다.

평소 화살로 붐비던 하늘엔
텃새들이 우우우 날아오르며 재잘거린다.
아무리 상처가 욱신거려도
기억의 돋보기를
저 명랑 하늘에 들이댈 수는 없다.
어디서 문득 나타난
검정 개 한 쌍,
천방지축 눈밭을 나뒹군다.
저 천진(天眞)!
구르고 굴러도
눈이 눈덩이로 뭉쳐지지 않지만
검정 털가죽에서는 반짝반짝 윤이 난다.

늦은 오후
어슬렁어슬렁 활터로 나와
치성인(癡聖人)처럼 실실 웃기만 하는 늙은 명궁은
서천에 흐르는 초승달을 쳐다본다.
희멀건 초승달에
시위를 걸려나,
오늘은

개들도
시동도
명궁도
공일(空日)이다.

퉁퉁 불은 젖

늦은 아침
내가 세(貰) 들어 사는 집 대문을
쑥 밀고 들어서니
흙냄새가 물씬 풍긴다
무려 십수 년을 짓누르던
시멘트덩어리를 벗겨낸
마당,
갓 태어난 흙 마당에
흰둥이는
퉁퉁 불은 젖이 달린 배를 깔고
납죽 엎디어 있다
여덟 마리 강아지들에게 빨리던
젖,
여덟 마리 강아지들
어디론가 모두 뿔뿔이 흩어져
젖몸살이 날 법도 하지만
흰둥이는
끙끙대는 기미도 없이
퉁퉁 불은 젖을
올망졸망

매달리던 흰 강아지들 대신
흙냄새 물씬한
갓 태어난 어린 지구에 덥석 물리고
오수(午睡)를 즐기고 있다

흑염소의 만트라

늙으면 너나없이 말이 많아진다.
제 몸에서 죽음이 자라는 소리가 들리기 때문일까.
산책이나 좀 나가려고 일어서는데,
무릎 관절에서 똑, 똑, 삭정가지 부러지는 소리.

묵언 사흘째,
성상(聖像) 따위도 방 안에 없지만
잠잠히 엎드려 있으려 했으나
멍머구리 들끓듯 안의 소음은 가라앉지 않았다.

풀밭 위 사람들 발자국이 낸 오솔길을 따라 걷다가
방죽 밑에 풀어놓은 흑염소들,
한가로이 풀 뜯어먹기에 여념이 없는 놈들 옆에
똥 누는 폼으로 쭈그린 나도
민들레, 질경이, 토끼풀 몇 잎씩 뜯어 꼭꼭 씹어본다.
헌데, 왜 이렇게 쓴 거야…… 퉤, 퉤!
난 무심코 며칠 공들인 묵언을 깨버리고 만다.
그 순간, 늙은 흑염소가 우스꽝스럽게 구부러진 뿔을
흔들며
들이받을 듯 가까이 다가오다가

지가 무슨 구루(Guru)라도 되는 양 만트라 하나 획 던
져준다;

움, 메에에에…… 움, 메에에에에……

그 떨리는 소리의 여운(餘韻)은 산책길에 또 만난,
무뚝뚝한 기차의 기적 소리로 시원스레 이어진다.
침묵의 연인이고 싶어 스스로 재갈 물린 묵언 사흘
그래, 이쯤에서 작파(作破)해 버리자……

일억 년의 고독

공룡도 꿈이 있었다면
이런 건 아니었을 거야.
고만고만한 섬들 화염(火焰)처럼 떠 있는 다도해
붉은 저녁놀을 배경으로
희미한 발톱자국 발바닥자국이나 남기는 건 아니었을
거야.
경남 고성군 하이면 덕명리 딱밭골 해안,
끝없이 밀려드는 거친 파도와 뙤약볕에 씻기며
검은 퇴적암에 음각(陰刻)된
일억 년 조물주의 고독.
(내가 그이는 아니지만
그이의 고독이 사무쳐왔어!)
큰 발자국들은 맷돌짝만하고
작은 발자국들은 막사발만한데,
갑자기 어디서 출몰했는지 뻘뻘대며 기어 나온
내 새끼발톱만한 갯강구들,
물 괸 공룡 발자국 화석들 주위로
수백 마리씩 우르르 우르르 몰려다니며
무도회를 벌였어.
(그이는 어땠는지 모르지만

난 위로를 받았어.)
그렇게 뻘뻘대며 현란한 스텝을 밟아도
아무런 흔적을 남기지 않는
다족류의 갯강구들,
공룡 이후 최대의 대식가 인류가 사라져도
무도회를 열겠지.
철썩철썩 밀려드는 다도해 파도 소리에 맞춰
화석으로 화하는 시간을 두려워하지 않는
또 다른 지구별 여행자들과 함께……

언제 철들래?

평생 가슴에 품고 갈 감동 어린 풍경 한두 컷 있다면
무거운 生이 한결 가벼워지리.

지난 겨울 네팔 페와 호수에서
뱃놀이하며 바라본
물고기 꼬리 모양으로 솟구친 히말라야 영봉들,
뱃머리가 힘차게 나아가며 일으킨
호수 물결 위로 영봉의 하얀 빙설이
은빛 비늘로 부서지며 소용돌이칠 때,
갑자기 눈물이 그렁그렁 맺힌
곁님이 말했지; 여보, 이젠 죄 짓지 맙시다!

오늘 그에 버금갈 풍경 또 한 컷 얻었으니,
네팔 다녀온 뒤
치말라야라고 별명을 붙인 치악산 등산을 마치고
황골 고샅길로 들어서는데,
깐깐데는 동네 아이들 몇 모여 있어 가까이 나가가보니
황구 두 마리가 엉넝이를 맞대고
쌍붙어 있었어. 짓궂은 사내아이 두 녀석이 몽둥이를
들고

쌍붙어 있는 걸 자꾸 떼놓으려고 괴롭히기에
이 녀석들, 하고 제법 큰 소릴 질러 멀리 쫓아 보내
고는
히힛, 정작 나는
그 좋은 구경에 오랫동안 발길을 떼놓을 수가 없었지.

내가 아직 그렇다니까.
먼지 덮인 골동품 가게에서 사온 밀교 분위기 물씬한
남녀교합상(男女交合像)을 매일 한두 번씩 만지작거리
거나
창턱 가까이 놓은 문주란이
우산살 펼치듯 슬로로 꽃잎을 열 때
꽃잎 속으로 긴 코를 쓱, 들이밀기도 했지.
그런 나를 힐끔거리며
언제 철들 거냐고 곁님은 빈정대지만
철들면 죽는다는 말이 무서워 딱히 그런 건 아니지만

좋은 풍경 한 컷 얻온 날 밤은 그제나 이제나
쉬 잠 못 이루고 뒤척이지.
이게 무슨 병일까, 난 왜 아직도 가슴이 콩콩 뛸까.

쌍붙어 있던 놈들은 딴청 부리듯 각기 딴 방향으로 먼 산을 향해 눈알만 멀뚱멀뚱 굴렸는데……

구름패랭이

구름패랭이는
꽃 이름 같지 않다
구름패랭이는
구름이 쓴 모자 이름만 같다
붐비는 저잣거리에선
모자를 서로 빼앗아 쓰려고 저 안달들이지만
구름패랭이 같은 멋진 모자를
쓸 수는 없을 것이다
구름패랭이는
정처 없이 방랑하는
늙은 탁발승의 이름 같다
흘러가는 구름에 본적(本籍)을 두고
본적을 두고
이승과 저승 사이에 난 샛길로
광대버섯 같은
모자 하나 푹 눌러쓰고 떠도는!

직박구리

어떤 시인이
꽃과 나무들을 가꾸며 노니는 농원엘 갔었지요.

때마침,
천지를 환하게 물들이는 살구나무 꽃가지에
덩치 큰 직박구리 한 마리가 앉아
꽃 속의 꿀을 쪽쪽 빨아먹고 있었지요.

곁에 있던 누군가 그걸 바라보다가,
꽃가지를 짓누르며 꿀을 빨아먹는 새가 잔인해 보인다며
훠어이 훠어이 쫓아버렸어요.

아니, 그렇다면
꿀이 흐르는 꽃가지에 앉은 生이
꿀을 빨아먹지 않고 무얼 먹으란 말입니까.

인연

—사슴벌레

일찍이 부처님의 오지랖이 넓은 줄은
짐작하고 있었지만
영원사 앞뜰을 푸르게 뒤덮은 머위 잎들
대웅전에서 흘러내린 부처님 오줌 기운 때문인지
더 실하고 넓은 오지랖으로
오월의 태양과 불탄일 참배객들을 맞이하고 있었다.
가파른 산길 오르느라
알 밴 종아리와 무거운 다리를
어디 좀 내려놓으려 두리번거리는데,
요사채 뒤에 놓인 넓은 평상이 눈에 띄었다.
후박나무 그늘 속 평상에 앉아
잠시 땀을 식히고 숨을 골랐다.
평상 옆에는
물이 담긴 돌확이 땅에 묻혀 있었다.
여보, 돌확 속에서 힘겹게
버둥거리는 사슴벌레를 발견하고 아내가 중얼댔다.
사슴벌레의 다리에
뭔가 끈적거리는 게 붙어 있네요.
그렇군, 도롱뇽 알 같은데!
아내는 손으로 끈적거리는 도롱뇽 알집에서

사슴벌레를 떼어내 땅 위에 놓아주며
이렇게 중얼거리는 것이었다.
애야, 우리 자식들 길 잃고 방황할 때
네가 좀 도와다우……
사슴벌레는
아내가 중얼거리는 소리를 들었는지
긴 더듬이를 까딱까딱 흔들더니
오지랖 넓은 머위 잎 그늘 속으로 천천히 기어 들어
갔다.

악양 시편 1

스멀거리는 안개가
악양 들판의 고요를 하늘로 밀어 올리는 새벽,
그 고요 속으로 천천히 걸어 들어가
들판을 바라보니
들판 또한 나를 바라보네.
반 뼘쯤 자란 논보리도 초록초록 눈을 떠
나를 바라보네.
논보리밭 사잇길 말뚝에 매인
흑염소 두 마리도 고개를 갸웃대며
낯선 나를 바라보네.
그렇게 나를 바라보다가
어린 뿔로 들이받을 듯 달려들기에
뿔 없는 나도 손가락뿔 세워 저를 받는 시늉을 하며
흥에 겨워 한참을 노는데,
어디서 갑자기 불어온 돌개바람에
보리밭이 흔들리고
냇가의 억새가 흔들리고
어린 흑염소 뿔이 흔들리고
흑염소와 놀던 나도 휘청, 흔들리네.
문득

중심을 잃은 황홀에 몸 비비다
다시 눈을 들어 들판을 바라보네.
오늘 같은 날은,
악양 들판이 일으키는
초록 지진에 흔들리다 파묻혀도 좋겠네.

악양 시편 2

높이 오르면 오를수록 낙원에
가까워지는 것일까.

청학동으로 통하는 고개 중턱,
계단식 다락논에 자라는
푸르게 출렁이는 보리밭을 만났다.

그 푸름에 온통 물들고 싶어
발에 꿰고 온 신발마저 훌렁 벗어 던졌다.

그 푸름을 담아가고 싶은 욕심에
맨발로 보리밭으로 들어가
포즈를 이리저리 잡는데,

보리밭 골에 은신해 있던 짐승 한 마리가
놀라서 후닥닥—— 달아났다.

아, 고라니!

가슴까지 차오르는

계단식 보리밭을 성큼성큼 뛰어오른
고라니는 뒤도 안 돌아보고
낙원으로 사라졌다.

나는
낙원 저 아래로 터벅터벅 발걸음을 옮겼다.

악양 시편 3

미안하다
섬진강
희디흰 모래톱에
때 묻은 발자국 남기는 것
미안하다
어쩔 수 없다
모래톱에 발목을 빠뜨리며 걷다가
모가지 쑥 빼어
하늘에 흐르는 궁전(宮殿)을 쳐다본다
가난한 내 세간살이를
소나기처럼 쏟아버리고
저 구름궁전 위로 솔가할 순 없을까, 무슨
신산(神算)이 있는 것도 아니면서
뭉클한 생각에 쏠려본다
돌아보면
모래톱 위에 내가 찍어놓은 발자국도
내 것이 아닌데
저 구름 위에 세(貰) 들고 싶어 눈으로 찍어놓은 점도
자취가 없는데
가슴에 뭉클하게 남은 이건 뭔가

어디든 들고나는 일이
어느 사원의
불이문(不二門)을
쓰윽 지나치는 일 같다면……
가슴에 뭉클하게 남은 이건 뭔가

어떤 보초를 세워야 하나

강진만 앞 허름한 민박집 담벼락 아래
한겨울에도 퍼런 잎새 무성한 호랑가시나무
중턱이 전지가위에 평평하게 잘려 있었네

큰 소반만하게 잘린 평평한 잎새 위에 생선 널어 말리면
도둑괭이가 물고 가지 못한단다 기발한 생활의
지혜라지만 보초가 된 호랑가시나무 꼴이 우습고나
다이아몬드 꼴 잎새 마구 베인 가시 보초들 꼴이 우습
고나

그렇다면 밤새
주린 괭이새끼처럼 울부짖는 파도 소리
귓속으로 쏟아져 들어와 도통 잠 못 이룰 때 나는
귓가에 어떤 보초를 세워야 하나, 이 긴긴 겨울밤

몸을 얻지 못한 말들이 날뛸 때

누가 방음벽을 설치해 놓았을까 아흔이 되신
노모의 귀는 캄캄절벽이다
그 절벽에 대고
고래고래 고성을 질러봐야
말들은 주르르 미끄러져 내리고 만다

몸을 얻지 못한 말들은
노모가 젊을 적 키질할 때
키가 일으키는 바람에 밀려나가던
쭉정이 같다

하루 해가 다 저물도록
말의 성찬에 참여하지 못하지만
절벽에 갇힌 늙은 고독은 그래도 몸이 있다고
몸을 얻지 못한 말들이 다가와
고래고래 날뛸 때
키로 쭉정이를 날리듯 빌어내고

느티, 검은 구멍

수령(樹齡) 300년은 됨 직한 느티나무,
텅텅 튀는 농구공 대여섯 개쯤 들어갈 허리께에 난
저 검은 구멍에
개미들이 들락거린다면 무슨 일이 생길까.
왕국 하나쯤은 너끈히 건설할 수 있겠지.
다람쥐나 청설모가 한 뼘 꼬리를 낮추고 드나든다면,
동네 텃새들이 짹짹거리며 날아든다면
무슨 일이 벌어질까.
제 새끼들을 깔 둥우리를 틀 수도 있겠지.
참외 서리를 하다가 소나기를 만난 꼬마들이
지나가다 보았다면
그 안에 들어가 키득거리며 훔친 참외를 까먹겠지.
주머니가 넉넉지 않은 연인들이 보았다면
오 사랑을 나누기엔 너무 좁아, 투덜대겠지.
딱히 갈데없는 거지나 탁발승이 보았다면
하늘이 보금자리를 마련해 주었다며
얼른 기어들겠지.
밤하늘에 외로이 떠 반짝이던 별들이 보았다면
심심하던 차에 숨바꼭질이나 하자며 숨어들겠지.
저 검은 구멍,

오늘 나를 별들과 함께 숨바꼭질하게 하는
그 속에서 새 잎이 피어나는 기적은 일어나지 않겠지만
파릇파릇 내 상상을 샘솟게 하는 저 구멍,
느티가 늙었다고 구멍마저 늙었다고 생각하지 말기를!

무늬

처서 지나
여름내 끼고 살던 죽부인과 작별하고
곰팡내 나는 이불을
햇볕 좋은 마당
빨랫줄에 펴 널었지.
습(濕)한 내 영혼도 펴 널었어.
포도나무 옆
개집 속에
아직 눈도 못 뜬
흰 강아지들을
긴 혓바닥으로 핥고 또 핥는
어미개를 보다가,
어미개의 혓바닥은
눅눅한 습기를 말리는
햇볕에 해당하겠구나
하는 생각도 했어.
혓바닥이 핥고 지나간 뒤에
나타나는
뽀송뽀송한 무늬,
(내 영혼의 무늬도 저렇듯

뽀송뽀송한 적이 있었던가)
흰 강아지들의 무늬를 보다가
왈칵
눈물이 났어!

달과 검

허튼소리 지껄이고 온 날은
목구멍이 말라붙은 개울바닥처럼 깔깔하다.
냉장고를 열어 물 건너온 망고주스를 따라주기에
한잔을 더 달라고 해서 마셨는데도 갈증이 가시지 않
는다.

오후에 국제요가수련원에 함께 다녀온 곁님이
요새 유행하는 애들 버전으로,
'당신은 말짱'이라고 붕붕 띄우길래
말짱은 말짱 헛 거여!라고 대꾸하고 나서 허탈하게 웃
었다.

저물녘, 좀 피곤하기도 해
잠깐 눈 붙였다가 깨었는데
바깥이 대낮 같아 어슬렁 나가보니,
바로 어젯밤 개기월식(皆旣月蝕)한 달이
언제 일그러진 적이 있었냐는 듯 휘황하기만 하다.
지난 여름 내설악 암자에 칩거히시던
친구 스님 내려와
붐비는 도시의 밤골목에서 마주쳤을 때

유난히 빛나던 두상(頭上)을 보는 듯하다.

지금은 당뇨를 앓아 고기 술 다 끊어버렸지만
그날 밤은
스님도 삼겹살 구워 곡차 몇 잔 걸치셨다.
곡차를 마시다가 덥다며 훌러덩 저고리를 벗을 때
허리춤에 매달린 단검(短劍);
'아니, 스님이 무슨 칼을?'
'내가 겉 다르고 속 다른 짓 하면 날 찌르려고!'

그 날선 계도(戒刀), 오늘 따라
휘황한 달무리에 겹쳐서 또렷이 떠오른다.

우인도

고삐 풀린 소가
풀을 뜯어먹고 있는 광경을 보는 일은
드문 은총이다.
물통 들고 물 뜨러 갔다가
단원 김홍도의 우인도(牛人圖)에나 나옴 직한
치악산 황골 골짜기,
산비탈 밭 가에서 풀을 뜯어먹고 있는
고삐 풀린 소를 보았다.
세상 들썩이던 구제역 바람이 지나가고
황사도 지나간
황골 골짜기의 오월,
저 소는 어떻게 질긴 고삐를 끊었을까.
구제역은 아니더라도
병들어 일부러 풀어준 것은 아닐까.
물 뜨러 길게 늘어놓은 물통 옆에 서서
순서를 기다리며 맛있게
풀 뜯는 고삐 풀린 생을 응원하고 있었다.
이때 늙수그레한 농부 한 사람이
새 고삐 하나를 쥐고 소 곁으로 다가왔다.
어서 도망쳐, 라고 소리치지는 못하고

다만 멀뚱하니 지켜보는데,
농부의 손이
소를 끌어당기는 막대자석이라도 되는지
소는 순순히 고삐에 매여 끌려갔다.
저 고삐가 소를 다시 가두겠으나 인간인들
저 고삐에서 자유로울 수 있을까, 하는 생각도
물통에 물을 받아 차에 싣고 내려오며 곧 잊었다.
하늘 숨통을 조이던
황사도 지나간,
오월의 저녁놀이 황홀했기 때문이었다.

춤추는 달팽이

오동나무 숲으로 산책을 가려고
집을 막 나서는데
잠깐! 아내가 불러 세웠다.
부엌에서 나온 아내는
미나리를 씻다가 발견했다며
달팽이가 붙어 있는 미나리 순을 내밀었다.
산책 가는 길에
숲에 풀어 놓아주라고!
푸른 미나리 순에 붙어 꼼지락대는
아기 손톱보다 작은 달팽이를
모셔 들고
숲을 향해 걷기 시작했다.
붐비는 차도에는
차량들이 쌩쌩 달리고 있었지만,
나는 달팽이를 나르는
생명의 수레.
길을 걷다가 내 손에 들린 달팽이를 보니
뿔더듬이를 허공에 쳐들고
느릿느릿 춤을 추고 있었다.
(원, 세상에, 이렇게

느린 춤이 있다니!)
숲길로 접어들며 나는
보랏빛 향 그윽한 오동나무 숲 그늘에
가만히 달팽이를 놓아주었다.
달팽이는 여전히 춤을 추며
깊고 푸른 숲 그늘로
느릿느릿 기어 들어갔다.

하늘 門

좀 으스스하겠지만
새로 지은 납골당은 구경하고 가셔야지요,

미리내 실버타운
성 안드레 신부님이 하두 권하시기에
억새꽃 흐드러진 비탈길을 헐떡거리며
가파른 뒷동산으로 올라갔지.

마침 납골당 화단 앞에는
호호할머니들 서넛이 쪼그리고 앉아
뭐가 그리 즐거운지
깔깔대고 있었어.

아예 땅바닥에 신문지를 깔고 앉은
호호할머니들
공깃돌 놀이를 하며
명랑소녀들처럼 깔깔대고 있었어.

손바닥에 움켜쥔 공깃돌이
손등에 얹히는 사이에도

툭, 툭, 검버섯이 늘어날지도 모르는데,

손등에 용케 얹은 공깃돌을 다시
손바닥으로 움켜잡는 사이에도
저승사자가 들이닥칠지도 모르는데,

호호할머니들은
공깃돌 놀이에 취해
명랑소녀들처럼 깔깔대고 있었어.

납골당으로 막 들어서려다
흑요석으로 벽을 장식한
현관 위를 쳐다보니,

〈하늘 門〉이라는
편액이 걸려 있었어.

말뚝

삼십 년 만에 만난 배불뚝이 동창생 녀석이
눈을 똥그랗게 뜨고 말했다.

"예나 이제나 고향 우시장(牛市場)에 박힌
말뚝처럼 비쩍 마른 건 여전하구나!"

평생 내 삶을 괴어온
내 안에 살아 계신 이가 불쑥 나서며
이렇게 날 변호하는 것이었다.

"비쩍 마른 말뚝임엔 틀림없으나
하늘과 땅을 잇는 말뚝이라네!"

합장

미리내 성지 부근
실버타운 유무상통 마을에 가면,

성당 입구에
미륵반가사유상처럼
오른쪽 다리 들어 왼쪽 무릎에 올려놓고
두 발과 두 손에 박힌 못 빼어 한쪽 손에 꼭 움켜쥐고
다른 쪽 손으로 턱 괴고
가시면류관 헐렁하게 쓰고 앉아
눈웃음 짓고 있는 목조예수상이 모셔져 있지요.

그 상(像) 옆으로 춤추는 소녀 자태의
꽃 핀 양란 몇 분이
춤 멈추고 고개 뚝 떨구고 있는데,

한 몸뚱이에 환희와 괴로움이 깃들듯
한 몸뚱이에 붓다와 예수가 동거하는 저 상(像)에서
백발의 노인들은 뭘 읽으며 살아갈까요.

동틀 무렵

새벽 미사 막 끝내고
식당으로 향하는 발걸음들이 빨라지는 시간,

상(像) 앞을 지나며 아무도 본 척도 않는데
휠체어 바퀴를 힘겹게 굴리며
성당에서 나오던 반신불수의 할머니 한 분,
상(像) 앞에 휠체어를 세우고 공손히 두 손을 모았지요.

그렇게
합장한 두 손이 춤 멈춘 꽃잎처럼 이뻤어요.

쇠방울 소리

두 발목에 매단 작은 쇠방울들 딸랑딸랑 울리며
시바 춤을 추던 인도 무희(舞姬), 그가 나비처럼 풀쩍
공중으로 솟구칠 때 그의 몸이 천공을 날았던가

그처럼 광활해지기를, 광활해지기를 기구하던 마음
오늘 또 다른 마음이 배반했네 춤에 반해
선뜻 구두쇠 지갑을 열던 마음 갑각(甲殼)처럼 굳어졌네

천변만화하는 마음 살피러 지그시 눈 감고 있다가
딸랑딸랑 들려오는 쇠방울 소리의 여운,
어허, 내 안의 갑각에 숨 막혀 죽을 수도 있겠구나.

호수

당신을 사랑한 나는
당신의 둥근 원(圓)을 반지 삼아 내 손가락에 꼈다

어린 연인(戀人)들은 그것도 모르고
당신 둘레를 헛되이 맴돌고 있다

빈 마당에 꿈 일기를 적다

겨우 손바닥만하지만
빈 마당하고 친하게 지내는 날들이다
빈 마당에 시도 때도 없이 찾아드는 도둑괭이들과 눈
맞추며
빈 마당에 떨어뜨리고 간 신문이나 반가운 우편물을
줍고
본적(本籍) 없는 사랑이나 적의의 그림자도
빈 마당에 와 가끔씩 얼쩡거리지만

빈 마당하고 친하게 지내는 날들이다
어제 아침에는 밤새 내린 싸락눈을 쓸고
오늘 오후에는 엿가락 같은 흰 고드름들
떨어져 부스러진 고드름 조각들을 쓸어 담벼락에 붙이고
옆집 대추나무 그림자가
빈 마당에 와 해시계처럼 이동하는
느릿느릿한 움직임을 오래 서서 지켜보다가

빈 마당에 없는 너를 그리워하는,
빈 마당에 없는 너를 빈 마당으로 떠올리는
나를 또한 지켜보다가

빈 마당이 넓어지고 있음을 깨달았다
빈 하늘
빈 담벼락
빈 화분
빈처, 그 모두가
빈 마당으로 되고 있었던 것이다

투명한 공어(空漁) 뱃속 같은
빈 마당에 어스름이 깔리고
별들은 노모의 눈빛처럼 어릿어릿 뜨고
빈처는 먼저 잠들고, 나는 또
빈 마당에 나와 중얼거리듯 꿈 일기를 적고……

유목

태양의 얼굴에 황사가 누런 분칠을 하는 동안
세탁소 집 담벼락 아래 핀
앉은뱅이 민들레, 누가 그 얼굴을 씻겼는지 해맑다

나는 잠시 무거운 배낭을 벗어놓고
그 앞에 쭈그리고 앉아
한해살이 생의 심연(深淵)을 들여다본다

비와 바람이 찢어놓고 간 잎새와 줄기의
선연한 상처, 뭐 먹을 게 있다고 그 상처에 매달린
개미 떼, 언젠가 그 미묘한 공존의 끈을 놓고
홀씨 되어 훌훌 떠날
샛노란 얼굴 앞에서
나는 시심(詩心)의 먼지를 털어낸다

나보다 더 진화된 물건이니
내가 저들 늘여다보고 중얼대는 줄 모를 리 없겠으나
원치 않는 황사의 분칠을 씻은 것은
알고 보니, 세탁소에서 흘려보낸 오수(汚水) 덕분이다

아무리 더럽더라도
피할 수 없는 것을 받아들이는 것이
길 없는 길을 찾는 이의 삶임을 웅변하지만,
악취 풍기는 오수에 내 유목을 맡길 수 없어
바람에 떠오르는 홀씨처럼 담벼락 밑을 떠난다

후둑, 후두둑——
갑자기 머리 위로 굵고 누런 흙비가 떨어진다
하늘 세탁기가 회전을 시작한 모양이다

나무

나무는 길을 잃은 적이 없다

허공으로 뻗어가는

잎사귀마다 빛나는 길눈을 보라

지나치고 싶은 풍경

저 집은
꽃만으로도 부자네요!

저 집,
팔순 넘은 꼬부랑 할매 혼자 사는 집
늘 적막에 둘러싸인 집
시멘트 담장을 오르내리는 도둑괭이들 말고는
드나드는 이 없는 고요가 아픈 집
이따금 적막과 고요를 화들짝 깨우는 건
누가 사다가 걸어주었는지
시간 밖을 날지 못하는 뻐꾹시계만 뻐꾹뻐꾹 우는 집

담장 위로 붉은 줄장미 흐드러지게 핀 걸 본
그녀,
그 집 대문 앞에서도 벌어진 입 다물지 못하고 눈물 글
썽이기에

딩신의 인복(眼福) 어쩌구 하는 소리가 목구멍까지 나
오는 걸 꾹 눌러 참으며,
얼른 손가락을 가져다 입술에 대며……

쉬—

옻나무

원주 변두리 깊은 골짜기의
산비탈,
초가을 볕이 네 몸의 체액을 말리고 있었지.
이미 무수한 칼집을 받아
몸뚱이 가득 말라붙은 검은 체액.
투명한 허공이,
허공을 빗질하는 가을볕이 검은 타이어 바퀴 자국 같은
너의 상처를 어루만지고 있을 때,
허공과 몸 비비는
상처가 왜 그리 눈부셨던지.
검은 상처가 환히 비추는,
칠기공예가의 장롱에 아홉 겹으로 칠해진
불멸(不滅)의 빛을 미리 보았기 때문일까.
몇 번인가 네 모습에 연민이 일어
골짜기를 찾아들곤 했지만,
오늘 네 상처에서 불멸의 빛을 읽다니.
나 아닌 나가 되는 신비(神秘)를 읽다니.
불그숙숙 일찍 단풍 들고 골병 든,
너로 인해 더욱 깊어진 가을 골짜기에서.

소파 위의 민들레

놀이공원 옆
공터에 낡은 가죽소파 하나 버려져 있었네.

등받이에 붙은 상표 희미하지만
으리으리한 고관 집 응접실 한 모퉁이 차지하고 있었지
싶은
소파,
겨우내 엉덩이 없는 해와 달, 별들이나 내려와 놀던
소파에 노란 꽃 한 송이 의젓이 앉아 계시네.

빤질빤질 닳은 팔걸이에 기댈 팔도 없고
너덜너덜해진 등받이에 기대 거들먹거릴 등도 없지만
그 환한 빛, 소파 위에 그득하네.

구름이 악마의 성에도 머물다 가듯이
어디에나 비와 눈을 아낌없이 뿌려주듯이,
미궁의 봄이 다 가기까지
그 흰흰 빛 그치지 않을 것이네.

잃을 것도 얻을 것도 없는 세상

누군가의 오만한 앉음새를 상기시키는 소파가
먼지로 변하기 전에,
홀씨의 시간이 먼저 오겠네.

홀씨의 시간이 당도하면
금띠 두른 허수아비 하나 또 거들먹대고 앉아 있겠네.

봉숭아 씨앗

폭발하는 씨앗들, 봤나?

가을볕에 인화(引火)되어 봉숭아 씨앗들, 폭발하는 소
리 들어봤나?

천지사방 흩어지는
고 작은 것들의 굉음, 굉음!

내 새끼들아,
멀리, 머얼리…… 날아가거라!

늙은 어미의 자궁이 부욱, 찢어지며
천지개벽하듯 터지는 사랑의 빅뱅을 봤나, 봤나?

꽃다운 첩 들여?

귀빠진 쉰한 살 오늘 내 일기 속엔, 빈집이 세 채나 들
어와 있네.

원주시 신림면 일대 살림집을 구하러 시골 빈집들을 순
례하듯 찾아 헤매며

기울어가는 빈집에서 만난 부서진 문짝 다섯, 거미 일
곱 마리, 마른 쑥대 가득 덮인

마당들의 괴괴함이 으흐 몽달귀신처럼 들어와 있네.

쉰한 살,
빈집이 세 채라!
(얼마 전 만난 짓궂은 벗은
우리 나이가 첩(妾) 둘 나이라는데)
집마다 살림 차려
꽃다운 첩 들여?
문짝 달고
쑥대 걷고

꽃다운 첩 들어?

파장

나무는 병색이 완연하다
설악콘도 입구, 네 개의 지주(支柱)에 의지한
나무는 응급실에 막 실려온 위독 환자처럼
흰 붕대에 감긴 채 허리에 링거 바늘을 꼽고 있다
아직 여름인데, 잎새마다
병반(病斑)들이 울긋불긋하다
나무는 오전에 내가 다녀온 울산바위 쪽을 향해
우듬지 끝이 휘어 있다 생의 욕망은
저토록 모질다 사다리 타듯 헐떡거리며 살아온 이가
끝내 놓아야 할 것은 목숨만은 아니다
변색된 잎새들을 땅에 내려놓고도
나무는 하늘로 집중된 시선을 떼지 않고 있다
산새들이 포르르 날아와 나무 우듬지 끝에 앉았다가
못 앉을 자리에 앉은 것처럼 금세
콘도 건물 옥상으로 날아가자,
나무가 흔들리며 내는 미세한 파장이 아프다
왜, 내가 아픈지 모르겠다
옥상 위에 산신히 떠 있는 바람 빠진
애드벌룬, 미시령에서 불어오는 돌풍에 휘말리며
자지러지는 소리를 낸다

황홀한 저녁놀의 마법에 취한 순간도
잠시, 이내 산그늘이 깊어진다

어떤 인터뷰

범신론자가 아니냐구요?

범신론이든
유신론이든
유일신론이든
무신론이든……

내가 믿는 하느님은
그런 ……論의 그물에 걸릴 분이 아니라니까요.
그분이 뭐 쏘가리나 참새라도 되나요.

그물에 걸리게……

가수는 새를 먹어야 노래를 잘 부르나?

꿈에
어느 극장으로 들어갔다
극장은 입추의 여지가 없었다
극장 입구에
예쁘장하게 생긴 여자가 두 명, 그 옆에
수염이 텁수룩한
가수(歌手) 장사익이 서 있었다
(조용필 같기도 했다)
여자 하나가 어딘가 바삐 갔다가
두 손에 움켜잡고 온 새 한 마리를
가수에게 넘겨주니
가수는 살아 있는 새의 대가리를
단숨에 싹둑 잘라먹었다
새의 모가지에서 솟구치는 피가
내 옷에도 벌겋게 튀었다
가수는 꼭 새를 먹어야
노래를 잘 부르나,
하고 내가 중얼거렸다
그때 문득
어디서 판화가 이철수가 나타나

그렇다고 고개를 끄떡였다
그 순간,
꿈에서 퍼뜩 깨어난 나는
아직도 어두운 창 밖을 바라보며
속으로 중얼거렸다
가수는 꼭 새를 먹어야
노래를 잘 부르나?

수도원의 딱따구리

하늘이 하늘을 먹는다〔以天食天〕── 海月

이른 아침부터
산호수나무 위에는
딱따구리 한 마리 날아와 앉아
딱딱거린다.

망치도
망치를 쥘 손도 없는
딱따구리는
제 머리를 망치 삼아
송곳 같은 뾰족한 부리로
한 끼 식사를 위해
죽은 나뭇가지에 구멍을 뚫고 있다.

수녀님들도 지금
성당
딱딱한 마룻바닥에 엎드려
한 끼 영혼의 식사를 위해
하늘에
구멍을 뚫고 계신다.

헛참!
벌레 한 마리 잡기 위해
천지가 진동을 하는데,
밥상을 차리기는 차릴 수 있을까.

없는 하늘에 구멍을 뚫느라
고생스럽기는
수녀님들도
딱따구리 신세와 다를 바 없구나!

슬픔이 지축을 기울여

꿈길에 어딜 가다가
바닷가 돌로 지은 민박집에 세 들어 잠을 청하는데
베개 밑으로 태곳적 파도가 철썩거려 잠 못 이루네.
그렇게 불면으로 뒤척이면서 몇 채의 집을 지었던가.
뉘 살 집인지도 모르면서
지었다 허물고 지었다 허물고
덧없는 짓이라는 걸 알면서도 또 지었다 허물고.
그 순간, 하늘에서 끼룩대며 날아다니는
눈알이 화등잔만한 이상한 바닷새들
──쥐라기 때 있었다는 익룡 같기도 했다──
내 머리 위를 빙빙 선회하며 그런 나를 비웃고 깔보는
듯싶어
너무 속상해 훌쩍거리다가 잠을 깼는데

실제로 베갯잇 위에 눈물자국이 축축이 배어 있네.
내 슬픔이 지축(地軸)을 기울여
바닷물을 스며들게 했는지도……

은밀한 기쁨

예기치 않게 찾아든 추위에
현관 앞에 놓아둔
천리향이 옹송그리고 있었다
얼른 안으로
천리향을 들여놓으며
자세히 살펴보니
봉긋봉긋
꽃망울들이 나와 있어
"어, 벌써 꽃망울이……"
하며 호들갑을 떠는데,
같이 사는 이가
내 뒤통수에 대고 속삭였다
"은밀한 기쁨이지 뭐예요!
내년 봄에 필 꽃망울인데!"
은밀한 기쁨?
암, 그렇고말고!
이젠 딩신이 시인 해라, 시인 해!

뒤로 걸어보렴

너무 앞으로만 걸었어.
앞으로
앞으로
걸어도
진보는 없고
생은
진부해지기만 하니
이젠
뒤로 걸어보렴.
(혹시 알아?)
뒤로
뒤로
걷다가
네 오랜 그리움
영혼의 단짝을 만나게 될지……

수 탉

1판 1쇄 찍음 2005년 12월 9일
1판 1쇄 펴냄 2005년 12월 16일

지은이 고진하
편집인 박상순
펴낸이 박맹호, 박근섭
펴낸곳 (주) 민음사

출판등록 1966. 5. 19. 제16-490호
서울시 강남구 신사동 506번지 강남출판문화센터 5층 (우)135-887
대표전화 515-2000 / 팩시밀리 515-2007
www.minumsa.com

값 7,000원

ISBN 89-374-0738-8 03810

★ 이 시집은 한국문화예술위원회 〈2005년도 문예진흥기금〉 지원을 받았습니다.